Tanquerelle

TÊTE NOIRE

SHAKABAM !

À mes deux monstres préférés, Luna et Zéphir.

Un grand merci à l'équipe de Capsule.
Cet album a été approuvé par les membres honorables du C.A.B.D.

Et enfin, le soir venu...

19

22

TÊTE NOIRE contre JoJo Skeletor

28

29

32

33

TÊTE NOIRE contre FOU-MANCHOU

TÊTE NOIRE contre CUCURBITAXOR

DJUiiDJUiiDJUiiiDJUiiiiiiiiiiiiii

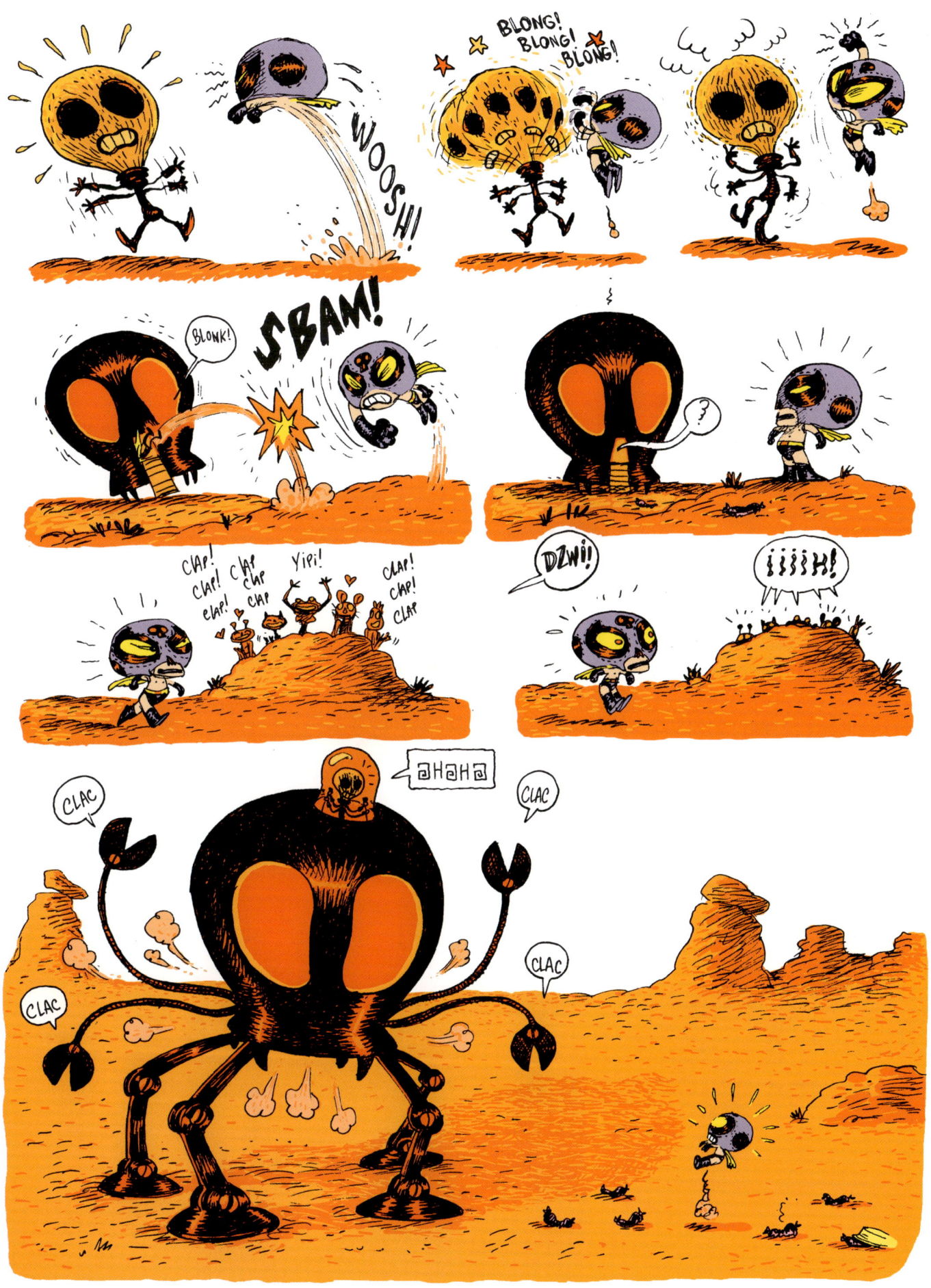

44

Dans la même collection :

Chico Mandarine - tomes 1 et 2, Jacques Azam
Eddy Milveux - tomes 1 et 2, Lisa Mandel
Pipit Farlouse, La Couvée de l'angoisse, Riad Sattouf
Le Voyage d'Esteban, Le Baleinier, Matthieu Bonhomme
Grenadine et Mentalo, Haut les mains, Peau de pingouin !, Colonel Moutarde
Plic et Ploc, José Parrondo

RETROUVE
TÊTE NOIRE
DANS...

CHAQUE MOIS CHEZ TON MARCHAND DE JOURNAUX

ABONNEMENT RAPIDE
• **par Internet :** www.milanpresse.com • **e-mail :** accueil@milan.fr
• **par tél. :** 0 825 80 50 50 (0,15 €/min) du lundi au samedi, de 8 h à 20 h • **par fax :** 05 61 76 65 67